Para Alicia.
Maria Girón

Título original: *Questa non è una papera*
Texto © Fulvia Degl'Innocenti
Ilustraciones © Maria Girón

La edición original fue publicada en Italia en 2017 por Editrice Il Castoro Srl
Viale Andrea Doria 7 - 20124 Milán
Edición en castellano publicada por acuerdo con Ute Körner Literary Agent
www.uklitag.com

Diagramación: Editor Service, S.L.
Traducción del italiano: María Teresa Rivas
Primera edición en castellano para todo el mundo © noviembre 2018
Tramuntana Editorial – c/ Cuenca, 35 – Sant Feliu de Guíxols (Girona)
www.tramuntanaeditorial.com

ISBN: 978-84-17303-16-7
Depósito legal: GI 1169-2018 - Impreso en GPS Group - Eslovenia

Fulvia Degl'Innocenti - Maria Girón

ESTO NO ES UN PATITO

Tramuntana

Cuando Celeste sale de la escuela,
antes de correr hacia su papá
tiene que hacer algo importante:
sacar a su perrito de la mochila.

Es el perro más bueno del mundo.
Está tranquilo todo el día,
colgado junto a las chaquetas y las bufandas.

Pero a las cuatro quiere salir a dar un paseo.
Celeste se siente muy orgullosa con su perro atado a la correa.

La gente se detiene para felicitarla.
—¡Qué monada! ¿De qué raza es?
Se ve enseguida que es un perro especial,
aunque sea solo un perro callejero.

Si se cruza con otros perros,
Celeste sujeta más fuerte la correa
temiendo que su perro pueda pelearse
con los más grandes.

–¿Es macho o hembra?
–pregunta una señora
con un cocker negro.
–Hembra –responde Celeste.
–¿Y cómo se llama?
–¡Estrella! –dice Celeste sonriendo–.
Y el tuyo, ¿cómo se llama?
–¡Negrito!

Estrella y Negrito, que es un macho, se llevan muy bien.

Celeste mantiene a su perra muy limpia
y la baña cada semana.
Le da de comer solo comida para perros
y alguna galleta como premio
si hace piruetas o se sienta.

Estrella y Celeste
no se separan nunca,
ni siquiera
por la noche.

Y cada mañana Estrella se instala,
como una buena perrita, en la mochila de Celeste.

Sin embargo, hoy su papá tiene un regalo muy especial:
una bola peluda con cuatro patitas
y una pequeña lengua rosa que le lava el rostro a Celeste.
—¡Qué bonito, papá, un cachorrito!

—¡Ahora puedes poner a Estrella en la canasta
de los juguetes! —dice papá.

—¡Oh, no! —responde Celeste—. ¡Cómo se alegrará ahora que tiene otro perrito con quien jugar!